O ANO DO NIRVANA

WALTHER
MOREIRA SANTOS

O ANO DO NIRVANA

1ª edição

JOSÉ OLYMPIO

Rio de Janeiro, 2025

Texto revisado segundo o Acordo Ortográfico da Língua Portuguesa de 1990.

Reservam-se os direitos desta edição à
EDITORA JOSÉ OLYMPIO LTDA.
Rua Argentina, 171 — 3º andar — São Cristóvão
20921-380 — Rio de Janeiro, RJ
Tel.: (21) 2585-2000.

Seja um leitor preferencial Record.
Cadastre-se no site www.record.com.br
e receba informações sobre nossos lançamentos e nossas promoções.

Atendimento e venda direta ao leitor:
sac@record.com.br

CIP-BRASIL. CATALOGAÇÃO NA PUBLICAÇÃO
SINDICATO NACIONAL DOS EDITORES DE LIVROS, RJ

S239a Santos, Walther Moreira, 1969-
O ano do nirvana / Walther Moreira Santos. - 1. ed. - Rio de Janeiro : José Olympio, 2025.

ISBN 978-65-5847-218-6

1. Romance brasileiro. I. Título.

CDD: B869.3
25-99444.0 CDU: 82-31(81)

Meri Gleice Rodrigues de Souza - Bibliotecária - CRB-7/6439

Impresso no Brasil
2025

Para Bau.

Este livro é um abismo.

SUMÁRIO

FLUXO

Todo abismo tem dois lados.

Tai Hsüan Ching — I Ching Alternativo

1.

A COISA ERRADA COMIGO é que estou sempre atenta — por isso sei que Marinete me odeia. Sou apenas uma burguesa que, patrocinada pelo tio senador ladrão, ocupa um cargo de confiança numa repartição pública. E ela é a servidora modelo. Marinete prestou concurso público, está aqui por mérito pessoal, e muito do seu rosto — uma máscara que me odeia, encoberta por outra máscara, de indiferença, essa íntima, constantemente descascando e deixando entrever aquela — foi composto devido ao trabalho na repartição. Quanto a mim, apenas a pele lisa dos vinte e seis anos e uma magreza anoréxica; já Marinete luta contra a balança e está com cinquenta e oito anos. Áspide, Marinete tem todos os motivos do mundo para me odiar. Por isso, a cada dia fica mais evidente sua única função no mundo: descobrir minhas falhas na repartição, meus erros, meus defeitos, e sublinhá-los — nesses momentos, a máscara de indiferença racha um pouco mais, deixando à mostra seu rosto verdadeiro, composto de ódio feroz, vermelho e frio. É provável que mais e mais pedaços da máscara de indiferença sequem, desgrudem, caiam: porque a cada dia cometo mais e mais erros. *A alienação no trabalho é uma forma de neurose, porque ela envolve uma separação forçada da essência do homem e sua atividade vital, em que o trabalho se torna uma atividade meramente instrumental, desprovida de significado pessoal e subjetivo*, diria minha professora de sociologia, comentando as ideias de Marcuse. Porém, no caso de Marinete, é mais que isso. Esqueço coisas, me atrapalho — por descuido, deixo o telefone fora do gancho. Largo a gaveta do arquivo aberta. Deixo o computador ligado o fim de semana todo. Não consigo me concentrar. Então desisto do trabalho e fico apenas empilhando lápis, depois olho para fora, usufruindo da paisagem do décimo oitavo andar. *Vagabunda*, é o que diz o lábio levemente crispado de Marinete — que vai de um lado para outro, eficiente e feroz como um robô japonês. *Vagabunda*. Me pergunto se ela sabe da existência dele. E me respondo: *não, não sabe*. E estou me enganando, naturalmente. Nada escapa à eficiência japonesa de Marinete. Nem mesmo os meus pensamentos. A mensagem subliminar emitida por seu sorriso torto, que mais parece um *S* deitado, está certa: *vagabunda*. Devido a ele, Marinete não tardará e terá apenas um rosto, sem máscaras. Finalmente eu serei inutilizada, expulsa da repartição, jogada na fogueira das vagabundas inúteis.

Enfim, Marinete terá a sua vingança.

2.

SEXTA-FEIRA

No MEIO DA NOITE de uma sexta-feira muito calma, eu o vejo chegar.

Está lá embaixo. Esperando. Não *me* esperando. Não necessariamente.

Ele está no calçadão em frente ao mar, metido na jaqueta de couro sépia desbotada, as costas voltadas para o meu prédio, para mim. Mesmo quando percebe que cheguei, que me sentei ao seu lado no banco reto como uma mesa de necrotério, ele não se volta imediatamente para mim, demora um pouco, olhando o mar, me ignorando.

Eu digo:

João Cabral de Melo Neto uma vez falou que Deus é como a linha do horizonte: parece ao alcance da mão, mas um passo em sua direção e Ele se distancia.

Faz sentido. Boa noite, senhorita Laura, ele diz. E sorri.

Logo me levanto. Ele faz o mesmo e me cumprimenta, apertando meu ombro esquerdo com sua linda mão imensa.

Caminhamos, ele alguns passos à frente — quero ver o suor escorrer pelas suas costas, onde as escápulas se encontram e a coluna se deixa ficar, sinuosa e comprida. Tudo o que vejo é o tom desbotado de sua jaqueta. E não sua pele negra e lisa. Dele, apenas o cheiro. Ou será a maresia? Nunca sei se é a maresia. Ele diz que a cidade está cheia de turistas.

Você tem razão, são turistas. Italianos… Não, acho que não.

Ele diminui o ritmo, não se volta para mim.

Duas mulheres que caminham juntas pelo calçadão me fazem lembrar que também estou de tênis e roupa de academia — parte da fantasia do meu eterno pretexto de que venho aqui correr.

Franceses. Com certeza são franceses.

Claro, é possível. De estrangeiros ele entende. Falamos a respeito de um grupo que se juntou num bar em frente à praia, em algazarra. Uma algazarra improvável para estrangeiros.

De estrangeiros você entende, digo. Faz tempo que ele se prostitui, conhece bem os turistas.

Prefiro os clientes daqui. Todos casados, vivendo uma horrível vida dupla. Tenho pena deles, na verdade, mas essa situação toda faz de mim uma espécie de ameaça à família tradicional.

Não se culpe por não endossar a tal família tradicional, ela nada mais é do que um modelo de exploração da mulher e serve apenas pra fornecer consumidores e mão de obra barata pro decadente modelo de exploração capitalista.

Faz sentido, ele diz.

Pelo menos é isso que a gente aprende quando estuda sociologia na universidade. Seu trabalho é um ato político.

Ixi, para!

É o que diria minha querida professora Vera Kodama. Ei, como você acha que será o mundo daqui a uns vinte e cinco anos?

Em 2024? Certamente teremos carros voadores e chuva ácida.

Tipo em *Blade Runner*?

Exatamente. E ciborgues. Humanoides pau pra toda obra. E clones. Agora que clonaram a Dolly, vão clonar pessoas.

Só tenho certeza de que o mundo vai estar mais poluído. Porque os recursos do planeta são finitos e a estupidez humana é infinita, assim como a angústia.

Isso é pessimista, senhorita Laura.

Não, isso é Deleuze, aquele filósofo francês. Pra ele, o desejo social vem antes do desejo do indivíduo. Você leria um livro se eu te emprestasse?

Talvez.

Você deveria ler um cara chamado Lukács, *A destruição da razão*. Ele critica a maneira como a ideologia burguesa sustenta e legitima as estruturas sociais opressivas, incluindo aí a família tradicional. Pra ele, a família serve pra reproduzir e consolidar as relações de poder e dominação: ela é um microcosmo da sociedade capitalista.

Faz sentido. Você acha que os negros e os gays terão os mesmos direitos que os brancos algum dia?

Os gays certamente sim, porque tem muito gay branco e rico; já os negros, não acredito. Os brancos jamais vão abrir mão dos próprios privilégios. Ninguém cede o poder voluntariamente, isso nunca aconteceu na história da humanidade. Sinto muito.

Faz sentido.

Ele para. Nos sentamos no banco. Ele volta a falar sobre os turistas.

Eles vêm por conta da praia. E a gente nem se importa. Faz duzentos anos que não entro nesse mar sujo. A gente acaba se acostumando com ele e um dia não olha mais. O mar fica igual à cidade: um nada.

É impossível descrever o azul desse mar. O azul quase escuridão absoluta que ele é. O azul que se move, sedutor, procurando nossos pés. Esse mar--réptil.

Não é um mar sujo, rebato. Ainda há pouco você estava olhando pra ele.

Olhando sem prestar atenção. Eles vêm também por conta dessa cidade suja, responde.

Não é uma cidade suja. Na verdade, essa cidade é um imenso mangue aterrado, e esse cheiro não é ruim, de alguma forma não é. Aterraram, só isso. Mataram o mangue. A cidade pode ter roubado o mangue, mas ele ainda existe por baixo das construções, dos prédios, das ruas, do asfalto, que um dia vai ruir. A cidade inteira, um dia, vai ruir. Tipo Pompeia e Herculano. A natureza sempre toma o que lhe pertence. Caminhamos pela pele de uma cidade condenada desde o alicerce. Na verdade, a cidade já está afundando. Todos sabem. Mas é algo aterrador demais pra se aceitar. Então ficamos nos enganando, mudando de assunto, inventando modas, qualquer coisa que nos impeça de perceber que a cidade — e talvez o país inteiro — afunda em silêncio.

Só sobrou esse cheiro, ele diz.

Não gosto do rumo da conversa. Quero mudar de assunto. Rebato:

Olha lá os *seus* franceses.

Americanos, franceses, italianos... Não faz diferença, são todos a mesma bosta.

Eu me lembro de que uma vez pensei *que estranho ele não usar perfume e só ter esse cheiro, cheiro de um irmão mais moço, a quem um dia abraçamos, na infância.*

Pela primeira vez na noite, ele me olha diretamente nos olhos. Fico parada, atenta. Então desvio. Olho para o mar, para a cidade, a cidade que sempre está pronta, maquiada, uma mulher suja e maquiada, sempre pronta para o meu olhar. Gosto daqui. A cidade se impõe em sua idade de mulher madura. O modo como me sinto bem agora, entre a avenida e o mar, nesta noite de sexta-feira, faz com que eu não deseje mais nada. Inalo com vontade o ar da noite. O livro de autoajuda diz que é fácil *ser*: é só inspirar e exalar. Inspirar e exalar. Inspirar...

Ou você gosta dessa cidade do jeito que ela é ou vai embora, digo. Não tem outro jeito.

Não consigo fazer uma coisa nem outra, ele retruca. Mais por falta de opção. Estou juntando dinheiro pra escapar pro Canadá.

As filas de desempregados dão voltas nos quarteirões e as privatizações não alteraram isso em nada. Aliás, a ideia brilhante do governo é vender a preço de banana todas as empresas estatais e, num segundo momento, seremos todos felizes pra sempre.

Você acha que sairemos dessa crise daqui a uns trinta anos?, ele pergunta.

Não enquanto os mesmos quinhentistas governarem. País nenhum muda enquanto não mudarem os seus donos.

Longe, as luzes do Atlantis Plaza. Perto, a penumbra do apartamento acima do meu, o apartamento do general Rabelo. Mesmo assim, sei que ele está lá, por trás das persianas. Nos olhando. Diferentemente do homem ao meu lado, que olha o mundo cada vez com menos interesse, cujo olhar ganha a cada dia mais os contornos do olhar de minha mãe, o general Rabelo não quer perder nenhum detalhe. Da janela do apartamento às escuras, o olhar *voyeur* do general Rabelo é um farol cego. Um símbolo daquilo que, à primeira vista, poderia parecer risível e cafona, mas, na verdade, é um mal que está sempre à espreita e um dia irá pular no nosso pescoço.

Não há dúvidas: mesmo mal frequentado, sei que gosto do meu prédio e desse lugar, porque volto, e se volto é porque sinto saudade, e saudade é uma coisa que qualquer criança entende, falo.

Talvez goste dele, porque volto, sempre volto aqui para a avenida, a essa hora, para o banco de cimento, para perto do mar. Eu sou a dona desse olhar alegre e forte que ele percebe com uma ruga na testa, se perguntando de onde tiro essa felicidade despropositada. Essa felicidade que lhe escapou. Essa felicidade que, às vezes, penso possuir em quantidade suficiente para dois.

Sei que está ficando tarde pelo trânsito que aos poucos vai morrendo. Também a avenida é um lugar que enche e vaza.

Passam-se os minutos. Olho minha mão direita espalmada sobre o concreto deformado pela aparente fragilidade da maresia, minha mão também deformada por não saber o que fazer, como se pertencesse a uma fotografia, a outra pessoa e não a mim.

Você pode ir e voltar porque tem tudo. Diante de mim, vejo apenas um futuro brilhante e nublado, ele diz.

O futuro de todo mundo é assim. Aparentemente, uma continuação do hoje, mas na realidade, um mistério — digo isso acreditando e também desacreditando. Sou a mistura das duas coisas.

Às vezes, sinto falta do tempo em que tocava violão nos barzinhos...

Você nunca me contou.

Barzinhos tipo aquele dos turistas. Não era grande coisa. Acompanhava um amigo que cantava. Daí ele se mudou pra Miami. Mas não dava pra viver disso, pode apostar.

Quem pode vai embora, respondo. O país vive sua pior fase de desemprego. Mas essa cidade aqui não se incomoda com as filas de desempregados. É tachada, sim, de provinciana e, talvez por isso, ostente com orgulho a exposição milionária do artista plástico estrangeiro na Galeria Municipal, figuras femininas deformadas. A cidade não se importa com os milhões gastos para trazer as telas e exibi-las a um ou dois intelectuais que depois comentam nos bares da moda, enquanto milhares não têm acesso a saneamento básico. A cidade se orgulha do seu orgulho. A cidade comparece em massa, chora a morte de seu político mais ilustre, oitenta e seis anos de vida, setenta de saques aos cofres públicos.

Ele ri. De novo aquele sorriso cínico que me deixa longe.

Olha. Olha só como se divertem.

Ele me aponta o bar, lotado, festivo, os turistas continuam lá.

Mais do que nós! Eles vêm também por causa do sexo barato daqui. Talvez essa seja a principal razão e não o mar nem o calor, continuo.

Tenho lido bastante ultimamente. Toda vez que a situação na repartição fica insuportável, toda vez que Marinete está irritante para além do ponto, abaixo a cabeça e leio.

É... Motoristas, garçons, os pobres da Europa e dos Estados Unidos. Gente sem valor. Vêm atrás dos novinhos, das crianças. Os gays decentes e endinheirados estão em Mônaco e Ibiza. Ah, se eu tivesse dinheiro pra ir... Mas não quero falar sobre isso.

Sobre o seu *trabalho*?

Mas sabe, senhorita Laura, que até certo ponto é um trabalho muito digno? Porque lá na sauna os donos me pagam um fixo pelo trabalho de massagista, e olhe que eu sou bom nisso; mas aí, no apertadinho da cabine, quando algum cliente quer algo mais, daí já é comigo. E sem esse extra não consigo viver, e sem meu trabalho extra eles não conseguem suportar a vida deles. Sabe como é, né? Dinheiro na mão, cueca no chão.

Sei.

Ele sorri. Gosto tanto quando ele sorri dessa forma, parece que está me dando um pouco da sua infância. Olho para ele com ar de cão sem dono. Venho para que um dia ele me conheça. Eu não preciso dele. Tenho o Patrício, que me leva para a cama. O meu vizinho, o general Rabelo, que me corteja e me dá calafrios. Marinete, que me tortura na repartição. Mas, diferentemente dos outros, ele consegue ser ele mesmo sem muitos contratempos.

Olha, por mais que você goste, é perigoso uma mulher ficar sozinha por aqui altas horas da noite.

É que estou tão perto da minha cama que fica difícil imaginar me acontecer qualquer coisa.

Preciso ir, interrompe ele.

Começa a atravessar a rua em direção aos bares. Mas não vai ficar por lá. Numa rua paralela à avenida, ficam os bares gays e a sauna, que abre à meia-noite na sexta-feira e funciona 24 horas no sábado. É lá que ele trabalha. E tão logo ele atravessa a rua, minha segurança se desfaz. É assim que se sente uma pessoa no oco de sua ausência.

A jaqueta marrom pende em sua mão direita, o suor cola a camiseta branca às costas. Sobre o suor, eu estava certa. E talvez só sobre isso.

3.

NOSSA SALA É IMENSA e cheira a móveis velhos e livros bolorentos, é confortável como o quarto de um monge da Idade Média. É também silenciosa, salvo quando o ar-condicionado está ligado, um modelo dos anos oitenta que emite um barulho rouco e contínuo. As cortinas marrons e a mobília de cor escura me levam de volta a um escritório do meio do século passado. Quando você entra num lugar excessivamente organizado, não observa as coisas que estão nesse lugar, primeiro você vê a organização, o todo. É o que salta aos olhos.

A repartição fica no Centro da cidade, na parte antiga. Por falta de manutenção, seus janelões de vidro, vez por outra, se soltam e despencam de um dos dezenove andares do prédio, um monstro superfaturado construído no governo militar, ocupando mais de 80 mil metros quadrados com uma infinidade de salas e corredores. Um labirinto fácil de se perder e que deveria abrigar o órgão responsável pelo desenvolvimento das áreas mais pobres do país, mas que, ao longo das décadas, mais serviu para desviar dinheiro suficiente para erguer centenas de milhares de repartições.

Lá fora, as árvores e os prédios são destacados pela luz excessiva dos trópicos. Cores e formas que se misturam, que brilham e me mantêm presa a elas. Não olho diretamente as coisas próximas; olho por cima da folha A4, do porta-lápis, da tela do computador. Quem entra, pensa: *Eis aí uma pessoa que trabalha, uma pessoa envolvida*. Tudo mentira. Engano todo mundo. Não tenho a menor aptidão para esse tipo de trabalho. Penso nele sentado no calçadão e o utilizo como desculpa. É uma boa desculpa, a fixação. Engano todo mundo, à exceção de Marinete, evidentemente. Que me vigia.

Patrício, meu namorado, me telefona ofegante para dizer que conseguiu uma folga na próxima sexta-feira. Que bom, Patrício, mas que pena, não vai dar, a gente se vê no sábado, como sempre, respondo. Ele não entende e pergunta: Como assim não vai dar? Você sabe o que tive de fazer para sair do hospital na sexta? Patrício está se transformando numa pessoa cansativa.

Não posso falar agora, amanhã nos falamos, tudo bem? E confio ao dia seguinte a possibilidade de encontrar uma boa desculpa.

À tarde, vou às lojas. Passo as tardes em lojas. Compro roupas e quilos de maquiagem e os enfio no closet. Não quero ficar bonita, mas sim diferente. Outra. Outra que seja limpa, lavada, virginal. Outra que a cosmética não alcança. Passo horas em frente ao espelho para, assim que o vir lá embaixo, logo correr ao banheiro e me livrar de tudo. E então desço de tênis e com uma surrada roupa de academia. Sou fútil, vulgar e me pergunto qual será sua reação quando souber a coisa horrível que faço para pagar minhas contas. A minha real fonte de renda e não o trabalho na repartição, que não passa de um simulacro.

Como tudo na minha vida.

4.

SEXTA-FEIRA

Cruzo com o general Rabelo no elevador. Aos seus pés, sua cadela sorri para mim. O general tem uma husky siberiana chamada Laika — a despeito da proibição de animais no prédio. Quando o assunto foi posto em pauta na reunião do condomínio, fui a única a defendê-lo, a ideia era totalmente infeliz! Fiz devido aos olhos azuis de paixão da cadela, não pelo general — que até é gentil comigo, mas mesmo assim. De todo modo, parece que não fui compreendida. Desde aquele dia, o general tem me cortejado. Me policiado. Fica por trás das cortinas da sala, a cadela aos seus pés, estou certa, me vendo descer e atravessar a rua. Ao encontro dele.

Hoje ele deixou a jaqueta em casa.

Ei, senhorita Laura, cuidado com a vida!

Mas aí o susto já passou, e lá se vai o motorista xingando minha mãe, que a essa hora deve estar voltando do trabalho voluntário na federação espírita.

Então chego ao calçadão sã e salva, um pouco com o coração na boca, e resolvo aceitar um gole do seu refrigerante de lata.

..."Laura"... mais burguês impossível, ele diz.
Nunca perguntei: Laura de quê?

Neuenschwander.

Não brinca!

É sim.

"Neuenschwander", igual àquele senador?...

É meu tio. E o que tem saído nos jornais é verdade. Ele é o maior ladrão de Brasília.

Uau… "Nóienxivander"… é assim que se pronuncia?

É. Mas tem Silva também. Laura Neuenschwander e Silva. Pra ser sincera, acho meu nome ridículo.

E burguês.

É… E a burguesia fede.

Fede, mas tem dinheiro pra comprar perfume!

Chanel nº 5, Kenzo, Yves Saint Laurent, Dolce & Gabbana… Laura Neuenschwander e Silva, solteira, vinte e seis anos.

Parece menos.

É que os meus cremes são melhores do que os seus, respondo.

Rimos.

Ele acende um cigarro.

Mas, com ou sem creme, a gente termina no cemitério.

Pois é: mesmo caro, o creme não compensa!

Quero o *Neuenschwander* do meu tio ladrão, mas desprezo o *Silva* da lavadeira honesta. Porque tudo na vida é vaidade.

Ele ri dessa verdade bíblica. Um riso tão novela das sete que me espanta.

Você devia rir mais, ajuda a liberar endorfina. Todas as revistas falam isso. Endorfina é um neurotransmissor, uma substância química liberada pelas células nervosas. Menos endorfina nos deixa mais pessimistas.

Puxa, quanta ciência!

Li na *Marie Claire*.

Chique é ser inteligente! E pra que ler tanto?

Acho que é porque procuramos uma palavra mágica, uma frase perfeita, algo que dê sentido à vida. Todo mundo espera ouvir a palavra mágica do outro... um *shazam*, *abre-te sésamo*, *eu te amo*... A gente sempre acha que o outro que está nos livros tem a palavra mágica, aquilo que a gente quer ouvir.

Mas ninguém quer nos dizer essa tal palavra?

Não, não é isso, seu bobo. É que o outro não tem a palavra mágica.

Tem só um fragmento...

É! Por isso que a gente nunca desiste: o outro fica nos enganando com a metade da palavra mágica. Cada um de nós, quando muito, tem apenas metade da palavra mágica. Vamos ao teatro por causa da palavra, lemos livros por causa da palavra, procuramos nos filmes a palavra, falamos com Deus a vida toda, esperando, esperando que Ele nos diga a tal palavra.

Mas a gente também só tem uma metade...
E engana o outro do mesmo modo.

Quem sabe essa nossa metade da palavra mágica, junto com a metade da palavra mágica do outro, talvez um dia faça sentido?

No sexo não tem palavra mágica alguma.

Não, não tem. Porque o sexo foi inventado pra depois que a palavra mágica fosse dita, como um modo de se fundir. Eu e meu namorado falamos cada vez menos. Mas uma relação sem nenhum fragmento da palavra mágica… dura?

Dura uma bimbada, uma noite, talvez, ele dá de ombros.

Calamos. Depois ele brinca:

Não confie tanto em mim a ponto de me contar sobre suas intimidades com seu namorado.

Não seja bobo. Ninguém conhece ninguém.

Ele ri, é preciso falar desse outro riso, dessa outra maneira que ele tem de sorrir, de ser ele mesmo e de repente ser outra pessoa. De mudar completamente. Uma esperança capturada numa fração de segundo.

Esse mergulho de gaivota.

Sei que o tempo passou, pois os carros começam a minguar.

Você também poderia rir mais, ele fala.

Estava pensando, como temos sorte! Nunca fomos assaltados, podemos ser assaltados aqui, já vi acontecer tantas vezes!

Deve ser bom morar aqui, na parte nobre da cidade, onde só mora gente fina, ele responde.

É verdade, quem fez esses paredões de concreto infames ficou com o mar só pra si e dane-se o resto da cidade. Mas também é verdade que ficamos com a poluição dos carros, a poluição sonora infernal a qualquer hora do dia e da noite. E a mensalidade do condomínio custa o mesmo que um rim no mercado paralelo. O IPTU custa os olhos da cara. E não é mais nobre coisa nenhuma... O tráfico, os assaltos, a prostituição, tudo veio pra cá. Levaram o meu carro aqui na frente. Tudo veio dar na praia, as coisas ruins. E você ficaria surpreso com o quanto dessa *gente fina* tem esqueleto escondido no armário. De vez em quando, a Polícia Federal faz operações aqui nos prédios da orla, mas tudo velado e bem longe dos olhos da imprensa, porque bandido rico não é bandido até que provem o contrário.

Não conto a ele do meu próprio medo de acordar com as batidas da PF em minha porta.

É caro morar aqui, mas *no pain, no gain*, ele ri. A prostituição, certamente, também veio pra cá. Mesmo assim você jamais se mudaria, ele diz.

Nunca perguntei onde você mora.

Não é na parte mais nobre da cidade, ele ironiza.

Isso não tem importância, respondo.

Não tem pra quem mora aqui.

Não tem importância, repito, querendo acreditar em mim mesma.

Estamos tão amenos. Como se nos conhecêssemos de longa data e fosse seguro ficarmos juntos conversando, olhando o mundo. Como se estivéssemos acostumados com a presença um do outro.

Caminhamos. Longe, as luzes do Atlantis Plaza.

Ele apressa os passos, para num quiosque e volta com um maço de cigarros. Se fumasse, estou certa de que ele acenderia um cigarro e me ofereceria. Como nos filmes.

Nos sentamos.

No calçadão, despontam as figuras da cadela Laika e do general Rabelo.

Ultimamente, num esforço para rejuvenescer, o general Rabelo comprou todo o estoque de camisas polo das lojas, todas as bermudas brancas.

Boa noite. Tudo bem?, pergunta o general Rabelo, bondoso, ao passar por mim.

Está sempre sorrindo. A pretensa bondade do general me faz mal. Ele parece se esquecer de que sua falecida esposa comeu veneno, como bem me lembrou minha mãe. O general, a pretexto de levar Laika para passear, decidiu nos olhar de perto, pela primeira vez. Seus olhos, um tanto gelatinosos, não perguntam *tudo bem?*, o que seus olhos gelatinosos de réptil querem perguntar, é: *o que vocês fazem juntos?*

Dizem no condomínio que o general Rabelo torturou e matou pessoas durante a ditadura. Mesmo que seja boato, seu olhar me dá calafrios.

Ele vira o rosto, não responde ao cumprimento do general, como se não desejasse ser reconhecido.

Boa noite, seu Rabelo, respondo.

O general quer que eu o chame de *Carlos. É Carlos, meu bem! Carlos.*

Fingimos estar interessados na avenida, até que o general nos dá a benesse de sua ausência.

Quem o vê assim jamais imaginaria que a mulher dele comeu veneno, solto.

Bebeu, não?

Não, comeu mesmo. Parece que ela vivia lutando contra a balança. E, num gesto de loucura, a coitada comeu raticida com uma montanha de goiabada cascão.

Credo!

Acho que ela queria uma morte doce.

Tivemos um ataque de riso. O tipo de riso nervoso e impróprio de quem não se segura durante um enterro.

Meu Deus, rir de uma coisa dessas… Somos podres, ele diz.

Não se preocupe, Deus tem senso de humor. Ou não teria inventado a girafa e esticado o pescoço da pobre daquele jeito.

A girafa é foda, mesmo! Mas eu gosto daquela estamparia dela tipo sofá de pobre e das anteninhas de ET.

Não pecamos quando rimos. Está na Bíblia: a gente não peca pela boca, e sim pelo coração.

Obrigado, senhorita Laura. Vou me lembrar disso quando botar a boca onde não devia…

Um tarado!, digo.

Hã?

O general Rabelo. Sabia que ele vive me convidando para ir com ele ao clube de tiro?

É só um velho babão… e o que ele quer é apresentar você tipo um troféu para os amigos velhos babões dele. O destino da maioria dos homens é virar velhos babões, ele diz. Conheço aos montes.

E as mulheres, peruas! Mas nos homens os cabelos brancos dão um ar de distinção. As marcas de expressão também, às vezes, acentuam a virilidade. A velhice no homem é muito mais digna.

Não paro de ser cruel com a condição humana.

O que será que eles conversam no clube de tiro?

Depravações! Velhos babões só pensam em depravações, senhorita Laura. Eu é que sei.

Quem nos vê rindo no calçadão — há os que se voltam com o canto do olho, pensam: pelo menos esses aí são felizes.

A lua no céu, os praticantes de *cooper*, o mar. Uma paz espantosa. A noite completa e posta. Mesmo assim, rimos o riso nervoso de quem tem certeza de que o futuro é incerto.

Me apoio em seu ombro enquanto procuro inalar um quarto de todo o oxigênio do planeta.

Por trás dos meus olhos marejados de riso, ele se apresenta mais leve e mais moço — e infinitamente mais perto. Nesse momento, me pergunto se ele vai se esquecer de nós, desta noite. Em mim, cada momento, a passagem do tempo, fica marcado. Como cicatriz.

O problema comigo é que nunca esqueço nada.

Preciso subir, digo.

Faz tempo que terminei o refrigerante, mas a lata ainda está na minha mão esquerda. Ele toma a lata de mim, a amassa e lança na cesta de lixo que margeia o calçadão, errando o alvo e emporcalhando a cidade. Penso em reclamar. Mas sinto um escuro açucarado e cáustico dentro de mim. Não sei se é resquício da paixão por estar viva ou resquício do refrigerante. Não faz diferença. Atravesso a rua. Funcionários da limpeza urbana estão em greve. As lixeiras transbordam com os restos da vida de cada um. Quero que o inverno chegue logo. Que chova. Que impossibilite de vez uma pessoa ficar parada na rua, na calçada, como quem não tem o que fazer.

Como uma puta.

5.

No sábado, Patrício vem me ver. Antes de sairmos, ele vai até a cozinha, põe sete ampolas de cetamina no micro-ondas. Em poucos minutos, o líquido se cristaliza num pó. Mais tarde, já no motel, depois de cheirar duas longas linhas de cocaína misturadas com a cetamina, ele comenta, rindo: *essa é a grande vantagem de ser anestesista. Sempre sobra alguma coisa das cirurgias, principalmente se o hospital é público, onde não tem nenhum controle.*

Vejo suas pupilas dilatadas, sinto sua taquicardia, seu corpo quente tal qual um animal selvagem depois de uma corrida pela savana. Provo o amargo em sua língua, mas nunca nos beijamos direito, porque ele é tomado por uma espécie de fúria. Não olhamos a cascata artificial, a iluminação tão cuidadosamente embutida no intuito descarado de valorizar o pequeno jardim de bromélias de plástico. Por que bromélias de plástico num motel tão caro?

Na saída do motel, uma luz fria faz brilhar o cartão de crédito na ponta de seus dedos bem-cuidados. Me pergunto a razão de um motel caro assim para um sexo sem sentido. Um terreno baldio nos serviria.

6.

SEXTA-FEIRA

Deus escuta as orações. Chove na semana seguinte. Uma chuva de verão: intermitente e morna. Ele está lá fora, na chuva, reduzido a uma figura escura com as mãos nos bolsos, na parada do ônibus. Chove desde as nove da noite. Ele olha para o bico dos sapatos.

Aceno. Ele não vê. O telefone toca e me faz sair da varanda. O general pergunta se eu poderia ir até o seu apartamento, quer me emprestar um filme que é *muito bom, ótimo mesmo, você vai gostar!* que ele recebeu junto com a assinatura do jornal.

O general acredita que não vou sair hoje à noite
devido à chuva e então quer sua grande chance.
Digo que infelizmente não tenho onde ver o DVD
e que estou indo para a cama.

Minutos depois, por trás da cortina, com a cadela
Laika estirada aos pés, o general me vê atravessar
a rua, lutando contra o vento com uma sombrinha
que se quebra. Sendo escorraçada pela chuva.
O general fica me olhando.

Tola e mentirosa.

Nos abrigamos num quiosque. Ele pede uma
latinha de cerveja.

De repente, para de chover. Ele me pergunta as horas.

Cedo, digo, sem ao menos olhar para o relógio.

Ele insiste.

Dez e quarenta e cinco.

Começamos a caminhar e, com a orla esvaziada,
temos a impressão de que as luzes do Atlantis
Plaza estão mais distantes que o normal.

Cheguei cedo, ele diz.

Dois homens e uma mulher deixam o hotel e entram num táxi que já os aguardava.

Eu não costumava sair de casa antes da meia-noite, ele diz.

Você mudou, então.

Por sua causa, eu acho.

Noto suas coxas, o volume nada discreto do sexo, a maneira como sua mão se firma e se fecha à borda do bolso do jeans. Gosto dele. Gosto dessas coisas nele.

Sabia que às vezes tenho vontade de virar uma dessas fanáticas de Jesus? As pernas cabeludas, a cara amarrada, o sexo lacrado. Tem um psicanalista que diz: *quem se apaixona por nós deveria pedir licença antes*. Ele acha que o apaixonado é um mal-educado. Já pensou?

Viu na revista?

Foi.

Dá-lhe *Marie Claire*!

Aquela história do *Pequeno príncipe*, "tu te tornas responsável por aquilo que cativas", pra ele é uma estupidez.

Também acho. Se um michê fosse obrigado a ser responsável por tudo que cativa, eu estaria fodido e mal pago. E teu namorado, já te disse a palavra mágica?

Ele me oferece um cigarro.

Não, obrigada… Sei que fumar mata os neurônios… Mas e se a gente tiver neurônios de mais? O Ministério da Saúde adverte: fumar demais faz mal à saúde! Fumar combina com você. Com essa mania que você tem…

Que mania?

Não sei, com esse ar distante. Sabe que da primeira vez que desci poderia ter te levado pra cama?

Sério? Então você curte um negão? Sempre achei que rolava um fetiche dos brancos por mim. Se você soubesse o que tem de brancões na minha agenda, você não acreditaria.

Eu nunca parei pra pensar nisso. Você sai com mulheres?

Muito raramente. Às vezes, aparece um casal hétero interessado em esquentar a relação, daí né... Durante quase dois anos saí com um casal que me contratava. Que bom que não aconteceu nada com a gente... Depois de certo tempo o sexo se torna uma coisa sem importância... Daí o que passa a contar é a palavra...

Isso mesmo: a palavra mágica. Que nunca é “Eu...”

Ou “Te...”

“Amo...”

Não.

Isso. Todos dizem eu te amo. A frase ficou suja de tão usada.

Ele ri.

Sabia que o final feliz é uma coisa americana? Até os anos quarenta, os filmes tinham finais trágicos, como a vida, daí veio a Segunda Guerra e o humor mundial mudou o cinema. Foi quando inventaram o *happy end*.

Mas você é feliz com teu namorado, o Doutor Fodinha…

Estou perto de terminar.

Que pena.

Não tem importância… Garanto que nenhum de nós vai começar a beber, fumar e cair na sarjeta por causa disso.

Faltou a palavra mágica.

É, se eu fumasse, estaria fumando agora.

Na volta, encontro o general Rabelo no hall do prédio, falando com o porteiro. Está usando uma jaqueta de couro marrom, nova e brilhante, e por baixo, uma camisa branca e um perfume forte. Sorri. Aproveita e me faz um elogio. O general deve ter lido algum livro do tipo *como-comer--uma-mulher-usando-elogios.*

7.

Estou numa loja de roupas. A moça da loja me devolve o cheque. Em vez do meu nome, eu assinei *amanhã*. A data está correta: 7 de outubro de 1999, quinta-feira. Tenho vontade de desaparecer. Deixar o vestido, sumir. Mas o que faço é fechar a cara, como se a funcionária tivesse cometido um crime, e assino outro cheque destacando-o com força. Depois arrasto a sacola às pressas, como se fosse uma terrorista em fuga. No canto da loja vejo minha antiga professora de sociologia, com sua surrada bata indiana, o cigarro na ponta dos dedos e o permanente olhar irônico escarnecendo do meu consumismo. Na saída, sinto vontade de empurrar as pessoas, que me parecem dementes, e também não tenho paciência com a escada rolante. Fico horrorizada comigo mesma.

8.

SEXTA-FEIRA

CAMINHAMOS.

Entre o mar e os carros, ele ao meu lado. Depois dobramos uma esquina, deixando para trás a avenida. Paro em frente a uma livraria. A luz morna da rua mostra uma vitrine recheada de romances melosos.

Por que tantos romances açucarados?, pergunto.

Porque a vida é amarga, ele ri.

Talvez por isso, devido aos livros, eu me lembre da história.

E a conte.

Um filme francês que nunca esqueci é sobre uma mulher que, depois de satisfazer um cliente, olha pra ele de cima a baixo por entre a fumaça do cigarro e ri, porque ele pagou o dobro do que ela tinha pedido. Ela cobrava muito pouco, quase nada. O rapaz era do tipo classe média, branco e comprido, o corpo ainda adolescente e inacabado; ele olha pra ela e não entende o porquê do riso. Então ele pergunta, *o que foi?* Ela não responde de imediato, guarda o sorriso e olha pra ele de novo. Por um momento passa alguma coisa pela cabeça dela, e você entende logo que é afeto ou algo parecido. *Sabe que nem sempre me pagam?*, ela diz. *Deve ser de cortar o coração*, ele responde em tom de troça, se apressando para vestir as roupas, porque afinal aquela conversa está tomando um rumo estranho, aquela conversa que nem era necessária. Ele só quer sair dali o mais rápido possível, se lavar, entrar num cinema, esquecer tudo. Ele começa a se perguntar o que está fazendo plantado naquele lugar ordinário.

Ixi! Vejo muito isso. É quase sempre assim depois do sexo, ele comenta. Pelo menos pros homens.

Continuo contando a história:

Não tenho coração, criança, não tenho nada parecido com um coração que possa ser cortado, ela fala. E ela ri, pela segunda vez. Mas é um riso diferente do primeiro, compreende? É triste, mas ao mesmo tempo ela fica muito bonita, muito autêntica. Nunca esqueço essa cena, digo com um sorriso de triunfo. Não sei por que essa história ficou comigo.

Você se lembrou por minha causa.

Não. Antes de conhecer você, isso já morava comigo.

Ele não diz nada.

A pausa em frente à livraria nos desviou da rota. Chegamos a uma praça pequena, uma praça sem árvores. Apenas uma pista em forma de U, onde um garoto vestindo um calção, que deixa aparecer o rego da bunda, sobe e desce de skate ao som de *Nevermind*, do Nirvana, que sai de um aparelho portátil ao lado de outros dois adolescentes, plantados em cima da pista como dois cães de guarda.

Sentamos no banco frio. Noto como sua mão espalmada desliza sobre o concreto liso e vai parar na beirada do banco. Gosto dele. De seus pequenos gestos.

Já te contei que já trabalhei num telemarketing? Era horrível, assediávamos velhinhas e velhinhos vendendo plano funerário. Mas às vezes aconteciam coisas engraçadas. Velhinhas querendo contar sobre a vida inteira delas. Velhinhas taradas tentando marcar encontros.

Não, você nunca me falou sobre isso.

Não durei muito tempo lá. É impossível viver de salário mínimo nesse país.

É porque não somos um país capitalista, somos um país escravocrata, no melhor estilo *Casa-grande & senzala*, com o pior salário das Américas.

Silêncio.

Ele me pergunta em que estou pensando.

Em nada.

Impossível, logo você!

Silêncio. Então digo:

Bom, vou te contar uma coisa não muito honrosa sobre mim. Sabe meu tio senador? Eu emprestei meu nome pra ele me usar de laranja. Existe uma conta bancária no meu nome, recheada de dinheiro roubado, além de vários imóveis. Em troca, recebo uma boa mesada pra fingir que trabalho. Meu dinheiro é mais sujo que o da empresa que assedia velhinhos. Durmo e acordo com medo de ser descoberta, de ver a Polícia Federal batendo na minha porta. E eu sei que mereço isso.

Hum... A gente é o que é, senhorita Laura, ele responde.

É só isso que você me diz?

Ele dá de ombros.

Olho o céu. Nenhuma estrela.

É como se me dissesse: *eu não sei como uma mulher como você pode ser amiga de um cara como eu.* Sorrio quando lembro que ninguém nesse mundo sabe a respeito dele. Ninguém, exceto o general.

Você poderia me matar que ninguém saberia, eu digo.

Você poderia me matar que ninguém saberia, ele diz.

De repente, me animo e começo a falar com a velocidade e o *nonsense* de uma maníaca.

A gente podia viajar, daí gastar o dinheiro roubado do meu tio ladrão! Poderíamos viajar e aí…

Sabe uma coisa engraçada? Não tenho nem cartão de crédito, mas tenho passaporte.

Então ele conta que um cliente, um médico conhecido na cidade, casado com uma socialite, o levou para a França com a desculpa de irem a um congresso. Foi assim que ele conheceu todos os *points* de Paris: o Manhattan, no Quartier Latin; o Sélénite, perto do Palais Royal, o Le Boy. Conta que perambulou pelos bares populares dos arredores das estações ferroviárias, onde se localizam o Verve, o Papy's Bar e o Moustache. Que gostou mesmo foi do Haute Tension, um *dancing* frequentado por gente jovem e rica. Mas que depois desses quinze dias o médico nunca mais telefonou.

Comento que minha irmã se separou e espera que eu vá visitá-la nos Estados Unidos. Ela mora em Savannah, na Geórgia. Poderíamos ir nós dois, eu digo com um olhar todo alegre de quem tem nove anos e encontrou um brinquedo perdido.

Tenho vontade de que a vida seja cinematográfica. A vida podia fazer algum sentido, pelo menos de vez em quando. Antigamente a gente queria ser feliz a qualquer preço. Hoje a gente deseja não ser vítima da violência, do estupro, da separação, da perda, da dor, do desemprego… O que aconteceu com todo mundo?

Ficamos humildes.

Ficamos. Ah, eu amo essa banda!, ele exclama, batendo as pontas dos dedos em minha coxa, acompanhando as batidas da música.

Sim, queremos o prazer eterno, o nirvana. Mas a gente se contenta em simplesmente não ser assaltado ou assassinado nessa que é uma das cidades mais violentas do mundo.

Mas deixe de teatro, senhorita Laura, você tem tudo…

Respondo que ninguém sabe o que se é, e é por isso que precisamos dos outros, para nos ajudar a descobrir quem somos — mesmo que no fundo ninguém possa nos ajudar. Ele diz que sabe quem é há muito tempo.

Visualizo minha mãe parada no ponto onde se acredita não haver mais nada a aprender ou mudar: parada na encruzilhada onde a velhice começa. Vejo esse estado aderindo a mim quando não estou ao lado dele.

Você acha que esse país é um abismo?, ele pergunta.

Depende… Mas só quando olhamos de perto. Olhando de longe, é um paraíso. Deve ser assim que os estrangeiros nos enxergam.

Deito sobre seu braço estendido no encosto do banco de concreto, fecho os olhos. Culpa da cidade. A cidade tem lugares vazios, brechas, tipo essa praça, onde toda a sorte de crime pode ser cometida sem que nada possa ser feito. Onde não há qualquer testemunha.

Mais tarde, com uma pedra, risco no banco minhas iniciais: L.N.

L de Laura e *N* de Neuenschwander, um sobrenome tão complicado que é melhor abreviar mesmo, ele brinca.

N de nada, digo.

Ele risca um *A* apenas.

Desenho um coraçãozinho ao redor dessas duas letras?, ele ri.

Melhor não.

Você acha que o mundo vai acabar no final do ano, quando finalmente chegarmos ao ano 2000?, ele me pergunta com um ar infantil. Tomo como piada, mas nunca se sabe.

Se tivermos sorte, vai acabar, sim.

Mas como não temos sorte alguma, então não vai, ele diz.

E sorri.

9.

Patrício, uma vez por semana, me leva a um motel, ele se droga, fazemos sexo, às vezes a noite toda, e comemos. Cada dia mais, e com mais frequência, nossa relação se transforma em encontros sexuais e gastronômicos.

Sexo e ravióli de lagosta com emulsão de champagne.

Sexo e tartar de atum com abacate e caviar.

Sexo e *foie gras* caramelizado com redução de balsâmico e figos.

Sexo e risoto de trufas brancas.

Sexo e filé mignon com crosta de ervas e molho de vinho do Porto.

Sexo e vieiras grelhadas com purê de couve-flor e óleo de trufas.

Sexo e salmão curado com beterraba e endro.

Cada dia mais, e com mais frequência, a palavra é suprimida. Com exceção das curtas palavras do sexo — devagar, devagar! não para, não para! —, não dizemos nada. Não há mais companheirismo, a necessidade de ser amado. Não existe mais nada. Apenas quando chego em casa me dou conta da violência. Retiro os brincos com dor, vejo os lóbulos inchados. Aqui e ali vou descobrindo marcas, as baixas de guerra. O espelho dizendo que algo aconteceu. As coisas que estou me submetendo a fazer com Patrício, algo além do sexo, algo brutal. As marcas em mim vão me contando. Chego em casa na madrugada de domingo e sigo para a banheira.

Rede rasgada no fundo das águas.

10.

Mesmo se não fosse a vagabunda que acabei me descobrindo ser, a verdade é que não há muito que fazer na repartição. Marinete não permite que haja. *Pode deixar, pode deixar*, ela vai dizendo e afastando de mim todo e qualquer serviço, monopolizando o trabalho. "Repartição", que engraçado, aqui nada é repartido. Essa bondade faz parte da maldade de Marinete, é sua vingança. Ser a primeira a chegar e a última a sair faz parte de sua vingança. É seu modo de me isolar. Uma espécie de cerco, como os cercos aos castelos e feudos. Método antigo mas funcional. Pega o disquete e roda a folha de ponto enquanto ri o riso secreto de quem possui água e comida e paciência.

Você se esqueceu de rodar a folha de ponto outra vez, ela comemora.

Há mar em Marinete: um mar só de sargaço onde afundo até a morte.

À tarde, volto às lojas. É como se sentisse falta de suas garotas de plástico. Elas, com uma maquiagem que se pode raspar à faca, os cabelos tingidos de vinho-brilhante ou forçosamente loiros; os olhos frios e distantes de quem aguarda o que nunca virá. A moça está esperando que eu me decida. Estão sempre impacientes e entediadas. Os ossos curtos e finos por baixo da pele excessivamente maquiada denunciam a origem humilde, periférica; a maquiagem pesada não esconde as raízes suburbanas, só as reforça. A pele sem vitaminas, a necessidade de vender para garantir uma vida menos ordinária. A boca insatisfeita sabendo que, não importa o que faça, jamais irá conseguir. Nela vejo refletida boa parte da humanidade. Vejo, talvez, a mim mesma. Abençoo essa moça condenada que não se entrega.

Tudo aquilo de que gosto custa muito caro. Carro, sapato, roupa, perfume. Meu olho está sempre mergulhado naquilo que custa mais e tenho medo de que eu também exija assim das pessoas. Em algum nível, isso deve ser verdade. A fome em mim que gera esse desejo de consumir irá destruir a humanidade inteira. Mas a mocinha feita em série em alguma parte secreta da cidade fica feliz, pois acabou de fazer uma boa comissão à minha custa.

No canto da loja, vejo minha professora Vera com seu cigarro e seu sorriso irônico, falando sobre Marcuse: *O consumismo transforma as necessidades humanas em mercadorias, alienando as pessoas de sua própria existência e submetendo-as ao controle das forças de mercado.*

Pelo menos, dessa vez, não errei a data no cheque.

11.

SEXTA-FEIRA

Ele olha para o bico dos sapatos. Não sei se o que falei surtiu o efeito desejado.

Observei você durante tanto tempo. Antes de a gente se conhecer. Naquela época você ficava aqui no calçadão, como quem espera por alguém em especial.

Então ele me mostra uma coisa toda nova, um tom profundo de voz:

Naquela época eu conhecia um cara. Morava aqui perto, um arquiteto. Era meio que um namoro, mesmo. Um dia, ele parou de telefonar. Vim até a casa dele, mas estava fechada, com placa de venda. Caí numa espécie de esgotamento. Daí vim pra cá tomar um pouco de ar; e, sem mais nem menos, um carro encostou. O motorista me convidou pra entrar. Eu entrei. *Quanto você cobra?*, ele perguntou. Eu só estava esperando um amigo, respondi. Ele riu. *Por que você entrou, então?* Talvez porque hoje eu esteja triste pra caralho, foi o que falei. *Ok, isso pede uma bebida, vamos tomar uma bebida*, ele disse. E no final da noite ele insistiu em me pagar.

Penso em como essa história é cinematográfica. Tenho vontade de que a vida seja cinematográfica.

Em algum lugar, bateu a última martelada, um muro caiu e uma ponte foi construída. Nunca antes estivemos tão amenos.

Gostamos da companhia um do outro, falo.

É legal, né? Você está pensando em quê?

Em nada, respondo.

Na verdade, estou pensando nos Pensadores. Os Pensadores nos salvam? Os Pensadores *se* salvam? Há salvação através da palavra? Eu quero *a* palavra mágica.

Keats: *A vida de um homem de algum valor é uma alegoria contínua.*

Nietzsche: *A felicidade de minha existência, sua singularidade, talvez esteja em sua fatalidade.*

Wittgenstein: *O querer é apenas uma experiência, gostaríamos de dizer (a "vontade também é apenas representação"). Ela vem quando vem, e não posso provocá-la.*

Hume: *Para ser feliz, a paixão deve ser benigna e social, não exigente e feroz.*

Gálatas: *O fruto do Espírito é o amor.*

Devo estar enlouquecendo.

12.

SEXTA-FEIRA

Sentir é uma soma, nunca um fato isolado. Na vida de qualquer pessoa, sentir é sempre uma confluência. De hormônios, cheiros, desejos e necessidades. Química. No meu caso, não é apenas ele. É a cidade, o mar, a avenida à noite. O cheiro do mangue soterrado. O barulho incessante da avenida que faz calar. O silêncio violento repleto de sexo de Patrício. O silêncio de minha mãe. A voz enjoativa do general Rabelo. O silêncio cheio de raiva de Marinete.

Passamos por pessoas que pensam outras coisas, têm outro tipo de sorriso e todo um repertório diferente de gestos. Passamos por casais de verdade, senhoras de verdade, crianças de verdade. Não fazemos parte de nada. Não somos amigos. Não somos amantes. Nem sequer namorados. Não somos nada. Por um momento, sem sabermos por quê, fomos castigados, privados de sermos pessoas comuns, pessoas de verdade.

Caminhamos em direção às portas fechadas da livraria. O estranho é que só me lembro da existência dessa livraria à noite, quando nos vemos.

Sujamos a vitrine da livraria com nossas mãos pecadoras. Olho para os livros. E os livros olham para nós, do outro lado. Como se fôssemos iguais. Quase gente, nós e eles. Fechados. Novos. De aparência atraente. Pedindo para serem tocados. Abertos.

Eles, nós.

Que bom seria se a livraria abrisse à noite, comento.

Não viria ninguém, ele ri. Quem lê é culto, e gente culta tem medo de assaltos. Nessa cidade, só umas trezentas pessoas têm coragem de sair à noite. Nos bares e nas boates, estão sempre as mesmas trezentas pessoas. Se sair à noite durante duas semanas você acaba conhecendo todo mundo.

Voltamos para o calçadão.

Encontramos o general Rabelo e a cadela Laika. O tom de doçura cafona, anos cinquenta, do general me deixa enjoada. Ele nos deseja boa noite. Eu digo: Boa noite, general. Ele não responde ao cumprimento do general, sequer nota, vai até o quiosque e retorna com dois cocos. Quando terminamos, saímos despreocupados. O general caminha logo atrás, observando, estou certa, e continuará caminhando mesmo décadas depois, quando não estivermos mais aqui — porque só o câncer tem condições de alcançar e punir os privilegiados desse país vesgo de democracia manca.

O general observa a mão dele que sobe e desce por minha coluna, como quem toca um instrumento. Sua mão tem o peso da ausência, da falta que fustiga. Mas logo ele se afasta, atravessa a avenida e vai embora.

Gosto dele pelo espaço que permite que cresça à minha volta.

Esse nada cheio de significados.

Às vezes, um gesto salva uma pessoa. Às vezes, uma frase salva um livro.

13.

SEXTA-FEIRA

O GENERAL ACHA QUE está tudo certo. Eu sou uma mulher de quase trinta anos e ele é um senhor de setenta anos bem-apessoado. Mas não facilito as coisas para o general: apesar de morar no mesmo prédio que ele, meu tio senador me manda um monte do seu dinheiro desonesto. E tudo o que uma pessoa com a alma do general pode oferecer a alguém com a metade de sua idade é o ouro. Ele sabe disso. Mas não preciso do dinheiro que ele deve ter desviado nos anos de chumbo. Mesmo com Patrício e com ele no calçadão, o general não desiste. Por trás de sua cortina, o general deve pensar: *O que uma moça de família de vida tão limpa e respeitável faz em companhia de um puto?*

Vai pra alguma festa, senhorita Laura?, ele pergunta.

Hoje tive coragem de abandonar o uniforme de academia, pôr um vestido e várias camadas da maquiagem que andei comprando. Nem da bolsa me esqueço dessa vez.

Defronte ao Atlantis Plaza, pergunto em tom de brincadeira se ele quer entrar:

A gente bem que podia…

Imagino que ele deva gostar de lugares caros e não muito iluminados. O bar do hotel é tudo isso.

Ok, mas não posso demorar.

Eu pago a conta, replico.

Ele dá de ombros e concorda comigo.

Entramos.

Ele pede tequila e petiscos, olha para os lados, por um momento desconfiado. Peço a mesma coisa. Brindamos à vida.

Tive uma ideia maluca, ele diz, lá pelo quinto shot. Vou ligar pra um amigo me substituir na sauna hoje e daí a gente sai pra uma boate, abriu uma Nostro Mundo aqui na cidade. Por favor, ele diz, com olhos úmidos. Topa?

As poucas pessoas no bar do hotel não disfarçam, nos olham como se houvesse algo errado conosco. Uma mulher com ar de rainha da Inglaterra, de braços dados com um homem engravatado, passa por nós e deixa um rastro de soberba e perfume adocicado.

Não sabemos o porquê, mas isso nos desperta um riso compulsivo. Pago a conta às pressas e escapamos.

Tomamos um táxi, mesmo a boate ficando a poucas quadras dali. Um *dancing* num prédio de uma rua de escritórios. E é como se ele chegasse em casa. É cumprimentado e abraçado por tantos gays e lésbicas que é impossível contar. Ele me puxa para a pista de dança, mas a coisa errada comigo é que estou sempre atenta, então não deixo de me sentir uma macaca desengonçada enquanto procuro acertar alguns passos no ritmo da batida da música eletrônica. Grito que preciso de água, ele sorri e me abandona. Volta com mais shots de tequila. Antes que o dia nasça, estaremos completamente bêbados. Ele me reboca até uma coluna num canto do bar e beija minha boca enquanto seus dedos ágeis e com um calor anormal chegam em minha calcinha e me fazem gozar várias vezes. Ou talvez tenha sido eu quem beijou primeiro, não tenho certeza.

Quando saio de lá, estou extasiada. Parece que estou aprendendo a escapar das armadilhas. As lojas. O bar do hotel. Estou aprendendo.

Me pergunto se escaparei de mim mesma.

14.

O CAMINHO NATURAL SERIA Marinete ir perdendo o cálcio dos ossos, a cor dos cabelos — como minha mãe —, e assim, de algum modo, ficasse mais leve, ou menos carregada. Mas há pessoas que enveredam por outros caminhos.

Ontem o computador ficou ligado, diz Marinete. Trata-se do *meu* computador, evidentemente, que ela podia ter desligado, já que é a última a deixar a seção.

Pergunta: por que volto à repartição? Resposta: para me punir, já que o salário não me faria falta. Talvez pelo meu tio, o senador ladrão; talvez pela minha falta de coragem para denunciá-lo. Talvez porque uso o dinheiro sujo que ele me manda.

No final das contas, de um modo oblíquo, mas verdadeiro, Marinete serve aos meus propósitos. Preciso de alguém para me punir.

Por isso é tão difícil admitir que sempre estive só nessa sala imensa, no mausoléu que é esse prédio, superfaturado antes mesmo de sua fundação. Sempre vaguei só, como a funcionária fantasma que sou.

E a máscara de boa burguesa começa a se esfacelar e a deixar entrever essa outra que em breve serei, antes mesmo de passarem por mim os anos necessários para isso.

Marinete nunca existiu. Eu inventei essa mulher.

15.

SEXTA-FEIRA

Ele brinca com a minha mão direita. Fica jogando com ela, de um lado para outro, entre as suas. Suas mãos grandes e sua pele morna.

Ele pergunta por que nunca fico com meu namorado às sextas-feiras. Respondo que Patrício dá plantão às sextas, é médico, está começando e por isso não pode escolher, é obrigado a aceitar a escala de plantão. Mas saímos aos sábados para comer e transar.

Mas finalmente terminei, digo. Terminei essa semana. Ele está mal com isso.

A coisa mais difícil de se imaginar é alguém sendo *muito mais* feliz sem nossa existência, ele diz. É uma dor insuportável.

É, isso é um tipo de abismo sem fundo.

Sabia que os abismos mais profundos da Terra não estão em terra e sim nos oceanos?

Como posso dizer que ele, e não Patrício, é um abismo sem fundo?

Terminei com Patrício na segunda-feira. Três dias depois, comecei a receber seus telefonemas e dezenas de mensagens de voz: *A gente precisa se falar*; *Olha, posso passar aí?*; *Por favor, me responde, a gente não pode ficar assim.* As primeiras mensagens tinham um tom cordial, depois suplicante, até que, finalmente, passaram à ameaça. *Você vai se arrepender se não falar comigo.*

É muito fácil fazer um sádico sofrer, é só lhe dizer não. Estou aprendendo a dizer não. É bom.

Um casal de idosos caminhando em sincronia reclama do calor.

Um carro preto passa devagar, de forma suspeita, pela segunda vez.

É sinistro o jeito como o carro preto continua dando voltas.

Todo fim é difícil, ele diz, e abaixa a cabeça. Então sorri um riso encabulado, o gesto universal de quem já perdeu alguém na vida.

Queria congelar a cena. Ele sorrindo por toda a eternidade com sua pele escura e os dentes perfeitos, branquíssimos, como se a noite tivesse virado uma pessoa. Quero ser engolida por essa noite que me conforta.

E, de algum modo, eu consigo. Ele permanece. Quando chego em casa, tomo banho, apago a luz e vou me deitar.

Fecho os olhos.

Escuridão absoluta.

Poço sem fundo.

Conforto.

Ele permanece.

16.

SEXTA-FEIRA

Tenho o cuidado de não pensar nele durante toda a manhã. Mas meu pensamento insiste em contorná-lo como se fosse um objeto estranho. Então ele passa a ser apenas uma presença. Uma presença escura e estranha. Sem nome. Sem forma. Densa. Uma cantilena sombria que durante toda a manhã vai e vem — como as marés.

Quero ser cremado quando morrer. Tipo um cigarro, fala.

Ele põe o braço no meu ombro e me enlaça enquanto caminhamos. Depois, sua mão chega até meu queixo, como quem procura vestígios de barba, ou talvez seja minha imaginação querendo ser perversa.

Caminhamos. Somos amigos. Ou amantes. Ou qualquer coisa que um dia foi e que já não é mais.

Ela, às vezes, fica lá na sacada, nos olhando.

Ele está falando a respeito da minha mãe. Minha mãe fica mesmo na sacada, é verdade, mas não se importa com o que acontece aqui embaixo comigo. Não se importa com nada além do trabalho voluntário na federação espírita.

Meu pai morreu de câncer. Foi tentar uma cirurgia nos Estados Unidos, mas não resistiu. Os médicos de lá não conseguiram. Ficamos falidos tentando achar a cura. Ele também quis ser cremado.

Os americanos falhando? Isso não aparece no cinema!, ele diz.

Você precisava ver a cara dela quando contei que ia fazer ciências sociais. Ela disse que sociologia era coisa de vagabundo. Logo, me chamou de vagabunda.

Mas é a profissão do Fernando Henrique, do presidente da República!

Pois é.

Eu achei você meio doida na primeira vez que conversamos.

Eu achei você meio cansado.

Eu *estava* cansado.

Perdemos o medo um do outro. Andamos de braços dados como namorados. Digo que não virei na semana seguinte, uma amiga me convidou para irmos à chácara dela, no interior. Ele virá. Aqui é o lugar dele. Vai ficar aqui pelo menos até meia-noite, quando a sauna abre.

Brinco com ele:

Você pode ficar aqui e tomar conta da minha mãe.

Sei que ele me acompanha com o olhar enquanto caminho em direção ao edifício. Sei o tom que seus olhos assumem. Sei até no que está pensando. Não deveria saber tanto. Preciso parar com a habilidade de ler o silêncio alheio.

Quando entro, o telefone toca. É o general. Primeiro se desculpa pelo adiantado da hora, depois diz que vai se candidatar a síndico e pede a minha opinião a respeito. Sei o que ele quer de mim e não é a minha opinião. Nem meu voto. Então peço um minuto e deixo o telefone descansando em cima da mesa. Vai ser o minuto mais longo da vida dele.

Tiro a roupa e me meto na banheira. Fecho os olhos. Não sei de onde vem o choro, primeiro leve, depois sem controle. O tipo de choro que vira espasmo, ganido e catarro com lágrimas tão quentes e salgadas que chegam a queimar a retina.

Mais tarde, sonho com cães me mordendo, e nenhum deles é bonito como a cadela Laika do general.

No dia seguinte, nas primeiras horas da manhã, uma ave pequena se espatifa contra o vidro da janela do quarto, o prenúncio de algo ruim prestes a acontecer.

17.

SEXTA-FEIRA

NESSA NOITE, MOSTRO A ele um cartão-postal que a minha irmã me enviou de Savannah, na Geórgia. Uma praça calma no centro de uma rua repleta de casarões do século XIX. A tranquilidade da imagem chega a assustar.

Ele diz que é bonito.

O que sua irmã faz?, pergunta.

Além de morar na tranquilidade fantasmagórica do cartão-postal? Ela é médica, igual ao nosso pai.

Faz sentido. Queremos agradar nossos pais.

Já eu sou a ovelha negra da família.

Ah, eu também!

Ela tem dois filhos lindos, enquanto eu não consigo nem administrar a conta do telefone... Sempre pago com atraso. Sou uma vagabunda.

Ele sorri e balança os pés para a frente e para trás no banco, como fazem as crianças bem pequenas.

Talvez o mundo já tenha gente esperta de mais e precise de vagabundos tipo nós, ele retruca.

Em casa, agora, quando o telefone toca, eu não atendo. Sei que é Patrício ou o general, acho que nunca mais vou atender um telefone na vida.

Então ainda bem que nunca pedi teu número, ele ri.

Caminhamos como namorados. Ele não sabe que isso está fora de moda. Perambulamos pelo bairro, entramos num bar e pedimos batata frita e cerveja. Num impulso, minha mão vai até sua boca e faz desaparecer a espuma que restou da cerveja. Depois fico encabulada. O que faço agora?

Uma criança saberia a resposta. Mas eu tenho vinte e seis anos.

Depois vamos parar na praia — as pessoas, os olhares, as pontes e as muralhas que ele e eu criamos nos impelem até esse território neutro formado por areia, água e sombra. Fico feliz, sem motivo, vendo-o arregaçar a calça e me mostrar uma ferida tola que tem na perna, uma ferida que tirou seu sono porque ele pensou que fosse algum sintoma do HIV, mas o teste deu negativo.

Aproveito para tirar o tênis, e ficamos assim, olhando para baixo, vendo o fluxo-refluxo da maré. Olho para os meus pés, brancos como o cadáver de uma princesa de conto de fadas — as ondas vão me enlameando, imprimem sua marca de areia. Cheiro de mangue e sal. Ele segura a minha mão livre, a mão que não recolheu o vestido que o vento sopra. A mão que admite que sim, que sentia falta disso. A mão que se curva de aceitação.

Sábia e humilde.

REFLUXO

A virtude da água é a sua capacidade de seguir o curso, sem resistência.

Tai Hsüan Ching — I Ching Alternativo

18.

SEXTA-FEIRA

PRETENDIA CONTAR A ELE que aceitei o convite da minha irmã, que vou passar um tempo com ela, nos Estados Unidos. Mas ele não está lá. Não veio, nem veio na outra semana ou na anterior. Essa é a última sexta-feira do ano.

Eu me sento sozinha no banco.

Penso em uma coisa tétrica, no estilo jornal sensacionalista: o general Rabelo o matou, por ciúmes. Ou Patrício o matou. Fez com que ele entrasse no carro e o despachou. Penso em uma coisa romântica, no estilo caderno de viagem:

o arquiteto voltou. Ele não precisa mais esperar naquele triste banco de cimento.

Agora, nenhuma palavra entre mim e ele e a Eternidade.

Antes de mim — a Eternidade; depois de mim — a Eternidade.

Fico esperando por ele. Depois de um tempo essa espera me pesa a ponto de eu desejar que qualquer pessoa conhecida apareça.

Então desejo que apareça alguém, qualquer pessoa, conhecida ou não, até mesmo um cão serviria. Desejo que um carro pare e alguém me convide para entrar. E, efetivamente, é o que acontece — um carro escuro, da mesma marca e cor do carro do general Rabelo, para e eu me levanto. O homem tem cerca de quarenta e quatro anos.

Oi, ele diz, num tom simpático.

Olá, respondo.

Ele abre a porta. Entro, e viro o rosto. Não dá tempo de voltar atrás. Dá tempo de ver o banco

onde eu estava, onde ficávamos: seu vazio pleno.
O banco fica sem ninguém. E seu vazio cresce.

Pelo espelho retrovisor, vejo o vazio crescer e engolir pedaços da praia, a praça, a maré, as ruas, os edifícios, as pessoas, o pó, a sujeira que deixa os escapamentos dos automóveis, a poeira, a maresia, os noticiários, a cidade, o que fui, o passado, o presente, o futuro, o

próprio mar...
....
....
....
....
....
....
....
....
....
....
....
....
....
....
....
....

Este livro foi composto na tipografia Minion Pro,
em corpo 11,5/16, e impresso em papel off-white
no Sistema Digital Instant Duplex
da Divisão Gráfica da Distribuidora Record.